LE
MVSICIEN
RENVERSE.

M. DC. XXVI.

LE
MVSICIEN
RENVERSE'.

IE sçay maintenant par vsage
Que la fortune en ses reuers,
Et par ces roulements diuers
Abbaisse les plus grands coura-
ges.

I'eſtois demy Soleil en F......
Demy principe de clarté;
Ores on m'en voit eſcarté
Pour vn peu trop d'outrecuiden-
ce.

Toute la Cour à ma parole
Changeoit d'aduis & de deſſein,
Plus triſte qu'vn poignard au ſein,
Le Roy me donne vne bricole.

Bricolle qui me met en paſſe
Pour ne plus iamais reuenir

Au bien duquel le souuenir
Tous mal-heurs mille fois surpaf-
fe.

J'eftois difpenfateur des vies,
Des valeureux foulagement :
On me punit pour feulement
L'auoir de volonté rauie.

Que la fortune eft inconftante,
Que fes mouuemens font puif-
fants,
Que fes changemens font cuifants
Quand ils arriuent outre l'atente.

ARRE ABAS auiourd’huy (dit elle)

ARRE ABAS de ceste amitié.
Qui t’appellant chere moytié,
Ne verra iamais sa pareille.

Milles carresses & complaisances
Les P. mesmes me faisoient:
Car ceux là qui me desplaisoient
Sortoient bien tost hors de cadence.

De peur qu'elle ne se relie,
Ores te faut deposs`eder,
De ce que tu peux posseder
Parquoy elle estoit plus vnie.

Enragé remply de cholere,
Ie voy maintenant S.....
Ceste infortune ie souffray
Par ton enuie trauersiere.

Que, si luy dy-je, alors la Parque
Qui trame le fil de tes iours,
N'en arreste bien toſt le cours,
Ie te feray paſſer la barque.

Le R...... eſt vn Epinette,
Dont ie gouuernois les accords:
I'auois eu la clef par le cors
Qui me faiƈt maintenant faillet-
te.

Si i'eusse bien sceu la Musique,
Pour accorder cét instrument,
Et ne chanter si hautement
Chascun ne me feroit la nique.

C'est des tons diuers l'ignoran-
ce,
Et du moyen de s'en seruir,
Qui faict maintenant asseruir
Mon cœur, mon bras & ma vail-
lance.

B

Celuy qui donne la mesure
Cogneu mon ton trop esleué :
Tu n'as pas, dit-il espreuué
Que vaut en musique cesure,

Que si quelqu'vn par aduen-
ture
Entre en ma place en ce concert;
Qu'il sçache que le tenor sert,
Et seul est exempt de cesure.

Que s'il veut toucher l'Epinette,
Il faut cognoiſtre les reſſorts,
Et n'imiter pas les efforts
De quelque eſclatante Trom-
pette.

Car c'eſt irriter la fortune
Ceſte implacable deité,
Touſiours diuerſe à l'vnité,
En diuerſité touſiours vne.

FIN.